*Para Annabel y nuestro maravilloso tigrecito Alistair.*
N. D.

Título original: CE QUE LISENT LES ANIMAUX AVANT DE DORMIR
© Éditions Sarbacane, París, 2008
© EDITORIAL JUVENTUD, S. A., 2011
Provença, 101 - 08029 Barcelona
info@editorialjuventud.es
www.editorialjuventud.es
Traducción de Teresa Farran
Primera edición, 2011
Depósito legal: BI-1.370-2011
ISBN 978-84-261-3844-6
Núm. de edición de E. J.: 12.363
*Printed in Spain*
Grafo, S.A., Avda. Cervantes, 51 - 48970 Basauri (Bizkaia)

Noé Carlain - Nicolas Duffaut

# Qué leen los animales antes de dormir

editorial juventud

Barcelona

# El lobo lee
## «Los tres cerditos»
## y… un libro de cocina.

# Al canguro
solo le gustan
los libros de bolsillo.

# A la oveja

le encantan las historias
de lobos, pero solo
si al final pierden.

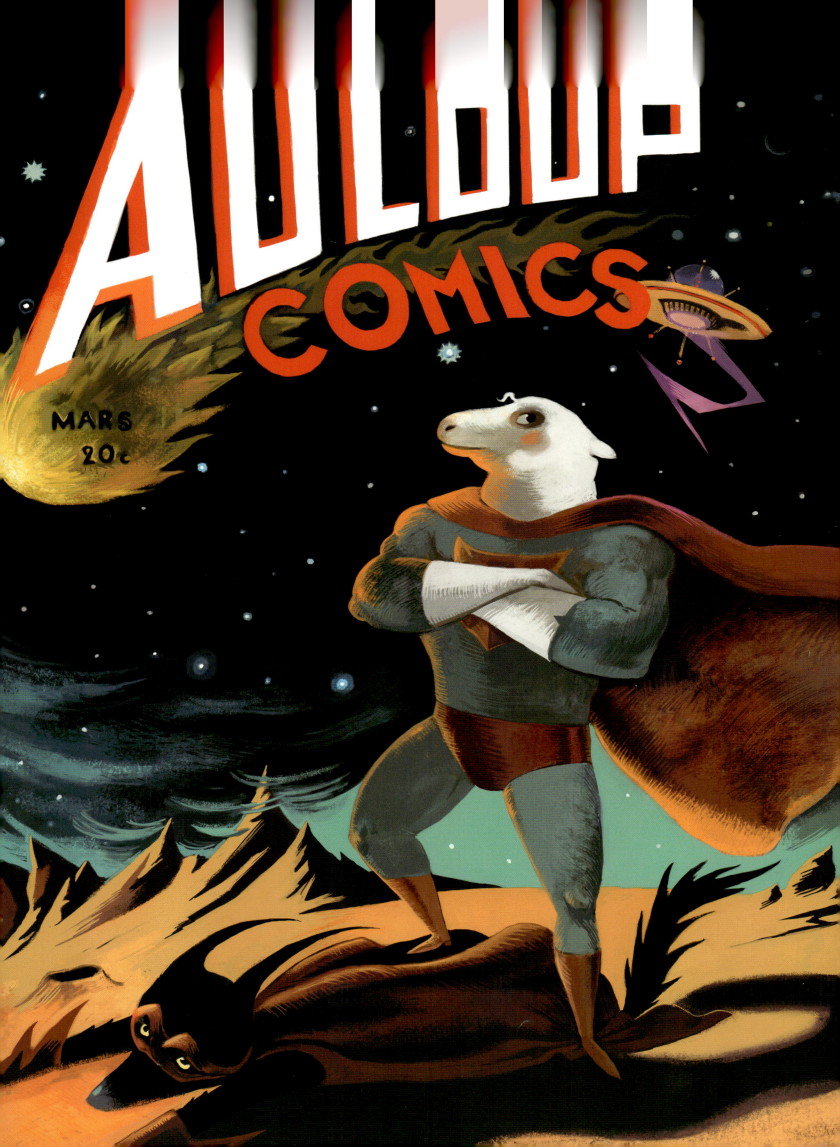

# Los perros

siempre compran
libros de segunda mano
en el mercado de las pulgas.

Por la noche,
los murciélagos
se ríen con las historias
de vampiros.

# A la jirafa

también le gusta leer,
aunque no le resulta fácil.

# Las ranas

leen una y otra vez
la misma historia del beso
y el príncipe encantado.

# A los pingüinos

les interesa el libro blanco
del medio ambiente.

# Al caballo

no le gustan los libros.
Prefiere
«El Diario de las carreras».

# Los marabúes

estudian los libros de magia.

# El topo
## no lee
### desde que perdió
#### sus gafas.

En secreto,
los cuervos leen
cartas anónimas.

# Los perezosos

solo leen las páginas
en blanco.

# Los hipopótamos
prefieren, sin comparación,
los libros de baño.

# La cigüeña

colecciona
libros de bebés.

# Los camaleones

siempre eligen
libros para colorear.

# Las luciérnagas

leen toda la noche
escondidas bajo una hoja.

# Las ballenas

leen de todo,
salvo…
historias de ballenas.

# Los piojos

leen mucho, pero siempre a escondidas.

Y mientras, las ratas, ¿qué hacen? ¡Están todas en la biblioteca!